Sand

Le voleur de pensées

Illustrations
Guadalupe Trejo

Collection Œil-de-chat

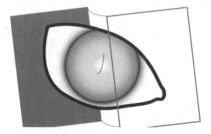

Éditions du Phœnix

© **2008 Éditions du Phœnix**
Dépôt légal 2008

Imprimé au Canada

Illustrations et graphisme : Guadalupe Trejo
Révision linguistique : Hélène Bard

Éditions du Phœnix
206, rue Laurier
L'île Bizard (Montréal)
(Québec) Canada H9C 2W9
Tél.:   514 696-7381
Téléc.: 514 696-7685
www.editionsduphoenix.com

**Catalogage avant publication de Bibliothèque et Archives
nationales du Québec et Bibliothèque et Archives Canada**

Julien, Sandrine

      Le voleur de pensées

      **(Collection Œil-de-chat ; 14)
      Pour les jeunes de 9 ans et plus.**

      ISBN 978-2-923425-82-5

      I. Trejo, Guadalupe. II. Titre. III. Collection.

**PS8569.U476V64 2008   jC843'.6   C2008-941742-9
PS9569.U476V64 2008**

Les Éditions du Phoenix remercient la SODEC
pour l'aide accordée à leur programme de publication.

Nous reconnaissons l'aide financière du
gouvernement du Canada par l'entremise du
Programme d'aide au développement de l'industrie
de l'édition (PADIÉ) pour nos activités d'édition.

Sandrine Julien

Le voleur de pensées

Éditions du Phœnix

*Les lettres d'amour mènent à tout,
même à la réalisation des
rêves les plus fous !*

À Adel, Gabriela et Rafael

CHAPITRE UN

Le témoin oculaire

— Étienne, Étienne Lapensée est demandé au bureau de monsieur Ducharme, dit-on à l'interphone.

J'ouvre la porte du bureau du directeur tout en m'interrogeant sur ce qu'il y a de si urgent pour qu'il veuille me voir. Les cours ne sont même pas finis ! L'air contrarié de monsieur Ducharme, lui d'ordinaire si aimable, me donne des sueurs froides.

— Assieds-toi, m'ordonne-t-il. Il semblerait que nous ayons un problème, Étienne.

— Ah ! fais-je, sans trop oser le regarder.

— Voilà, on a volé le porte-clés de Charles et nous avons un témoin oculaire.

— Un quoi ? bredouillé-je.

— Un témoin O-CU-LAI-RE, articule-t-il lentement. Autrement dit, une personne qui a vu le voleur en train de voler. Tu connais cette personne, puisqu'il s'agit d'Élisabeth.

— Ah... euh...

— Oui, allô ? répond monsieur Ducharme en décrochant le téléphone qui s'est mis à sonner.

Ah non, pas Élisabeth. Qu'est-ce qu'elle est bête, celle-là. Déjà que je n'aime pas trop les filles de mon âge, mais alors elle, je ne peux pas la supporter. Elle passe son temps à se coiffer en classe, comme si elle était dans un salon de coiffure. Bon, la question n'est pas là. Si ma camarade m'a vu, je suis cuit. Pendant que monsieur le directeur continue à parler, je me remets à penser aux événements de la journée qui m'ont conduit dans son bureau. Le matin, à mon réveil, mes parents m'ont fait une remarque inattendue :

— Dix ans ! s'est exclamé papa. Tu franchis un nouveau cap. Est-ce que tu te rends compte que c'est la première fois que ton âge comporte deux chiffres ?

Puis, maman et papa ont ajouté en riant qu'il en serait probablement ainsi pour le restant de mes jours. À moins que je fasse partie du club chanceux des centenaires. L'instant de surprise passé, je me suis dit qu'après tout, j'étais heureux d'avoir franchi un pas de plus sur le chemin mystérieux de la vie. La journée s'annonçait bien. Aussi me suis-je senti légèrement euphorique et même invincible. Tellement, que je me suis mis dans une situation pour le moins difficile.

— Non, chérie, non ! dit monsieur Ducharme, énervé, au téléphone. Je ne peux pas. Je...

Apparemment, le directeur vit lui aussi quelques difficultés. Les miennes sont dues au porte-clés de Charles, un grand gaillard roux couvert de taches de rousseur. Ce garçon est en quelque sorte le meneur de l'école. Il passe son temps à donner des ordres à ses copains, qui se plient à ses caprices ; d'abord, parce qu'ils le craignent, ensuite, parce qu'il sait toujours leur raconter ou leur montrer quelque chose d'intéressant. Le porte-clés fait notamment partie de ces objets qui retiennent l'attention de ses amis, et aussi la mienne ! Il est orné d'une superbe voiture qui fait aussi office de lampe de poche ; il suffit d'appuyer sur un petit bouton pour que ses phares s'allument. Charles a l'habitude de trimballer cet objet partout avec lui, mais aujourd'hui, il l'a oublié dans son casier. Alors, je ne sais pas ce qui m'a pris. Comme grisé par mes deux chiffres, je me suis emparé de son porte-clés, puis je l'ai fourré dans la poche de mon pantalon. J'ai passé le reste de la matinée la main là, à le caresser. Je me suis même imaginé le soir dans mon lit en train de combattre les « esprits du noir » grâce à son faisceau de lumière. Seulement, voilà, mes plans ne semblent pas se dérouler comme prévu.

— Reprenons, continue monsieur Ducharme, une fois sa conversation au téléphone terminée. Aurais-tu quelque chose à me dire ?

— À propos ?

— Eh bien, du voleur qu'Élisabeth a vu ! dit monsieur Ducharme, impatient.

Il vaut mieux tout avouer, car étant donné qu'elle ne m'aime pas trop, elle a dû tout lui raconter sans hésiter.

— Je suis désolé, monsieur le directeur. C'est moi... C'est moi, le voleur.

— Qu'est-ce qui t'a pris, mon garçon ? D'habitude, tu es un enfant sans problèmes !

— Je ne sais pas. Il faut dire que j'ai peur du noir et ce porte-clés est aussi une lampe de poche bien pratique... À moins que ce ne soit à cause des deux chiffres.

— Les *deux chiffres* ? me demande le directeur, perplexe.

— Oui, voyez-vous, je viens d'avoir dix ans, c'est donc un nombre à deux chiffres et je passe un nouveau cap.

— Je ne sais pas de quel nouveau cap tu veux parler, réplique monsieur Ducharme, visiblement mécontent et pas très convaincu de mes explications, mais en tout cas, je dirais plutôt que tu es sur une mauvaise pente. Qu'est-ce que tu veux faire quand tu seras grand ? Voleur ? C'est pour ça que tu vas à l'école ?

— Non, monsieur.

Je baisse les paupières sans oser ajouter un mot de plus. Je suis terrifié à l'idée que mes parents soient aussi fâchés que le directeur lorsqu'ils apprendront la nouvelle.

— Écoute, voler, c'est grave, mais je peux sans doute arranger les choses. Si tu restitues le porte-clés à Charles et que tu lui présentes des excuses, et si ses parents sont d'accord... tu seras suspendu un jour au lieu des trois jours prévus par le règlement. Sache aussi que, puisque c'est un comportement inhabituel chez toi, l'école fait preuve d'indulgence, mais cela ne sera pas le cas à l'avenir, si prochaine fois il y a.

— Bon, c'est d'accord. (À vrai dire, je n'ai pas tellement le choix !)

Le directeur fait entrer Charles dans son bureau avant de sortir en refermant la porte derrière lui.

— Je suis désolé, Charles. C'était très idiot de ma part.

Je lui tends le porte-clés en guise d'excuse.

— Tu sais, Étienne, rétorque Charles d'un ton agressif, ça m'est complètement égal que tu me l'aies volé. J'aurais pu m'en acheter un autre si j'avais voulu, ajoute-t-il en me l'arrachant des mains.

J'aperçois tout à coup monsieur Ducharme qui est entré, une lettre à la main. Charles en profite pour tourner les talons et franchir rapidement la porte.

— Tiens, dit le directeur en me tendant la lettre. Tu dois la remettre à tes parents.

Je suis sur le point de sortir à mon tour lorsqu'il s'écrie :

— Attends ! Un dernier petit détail...

— Oui ?

— Voilà, même si Charles vient de prétendre de ne pas être affecté par le vol, il a eu de la peine. Il est très attaché à son porte-clés. Apparemment, c'est un objet de collection. Sa réaction te paraît un brin curieuse, mais c'est ainsi. Le jour où tu comprendras que les gens adoptent certaines attitudes parce qu'ils ne veulent pas que l'on découvre leurs pensées, tu auras alors effectivement franchi un nouveau cap.

Qu'est-ce que j'ai été bête! En dérobant un objet de rêve, je n'ai pas vu plus loin ni pensé aux répercussions que mon action allait entraîner. Bien sûr, la punition que je reçois de l'école est une conséquence grave, mais avoir causé de la peine à Charles en est une autre tout aussi importante à mes yeux. Je déteste faire du mal à quelqu'un. Je m'en veux vraiment. Après tout, mon camarade n'est probablement pas le dur à cuire qu'il prétend être. En sortant du bureau du directeur, je me jure de ne plus jamais voler.

CHAPITRE DEUX

Drôles d'idées !

Sur le chemin du retour à la maison, je me demande comment annoncer la fâcheuse nouvelle à mes parents et quelle sera leur réaction lorsqu'ils liront la lettre de monsieur Ducharme. J'invente différents scénarios, mais malheureusement, ma mauvaise conscience m'empêche d'imaginer un dénouement très favorable. Persuadé que la conversation avec mes parents ne peut que mal tourner, j'ai soudain la certitude qu'il me faut plus de temps pour me préparer à les affronter. Je ne peux pas rentrer à la maison tout de suite. J'aperçois la boulangerie Chez Léon de l'autre côté de la rue. Je tiens probablement la solution. Pourquoi ne pas m'y arrêter pour dire un petit bonjour à

mon ami Marc, le fils du boulanger-pâtissier ? Il a toujours plein d'idées. C'est sans doute parce qu'il a l'occasion d'écouter les conversations d'adultes lorsqu'il sert les clients au magasin. Lui seul peut m'aider à élaborer un plan pour échapper à une deuxième punition, car mes parents ne manqueront pas de m'en donner une autre. À moins qu'il m'aide à rassembler mon courage pour tout avouer. Sûr de trouver Marc dans la boulangerie, vu qu'en général il me précède à la sortie des classes, j'entre.

— Bonjour, Marc.

Mon ami, qui finit de servir un monsieur, me sourit et m'entraîne aussitôt dans l'arrière-boutique. C'est pour lui une excellente occasion de s'éclipser. Quant à moi, j'apprécie ces moments où nous discutons ensemble, alors que l'odeur du pain chaud vient nous chatouiller les narines. Nous sommes aussi complices et heureux que deux souris qui reniflent un peu de fromage !

— Alors, raconte, me prie Marc. Qu'est-ce qui s'est passé dans le bureau de monsieur Ducharme ?

Je lui explique en détail l'entretien et lui fais promettre de garder le secret.

— Juré sur le pain de mon père ! s'exclame Marc, qui ne lance jamais cette promesse à la légère. (Manquer à sa parole risque en effet de compromettre les affaires de son père. Et si le magasin ferme... plus de gâteaux !) Bon, et qu'est-ce que tu vas faire pour tes parents ? poursuit Marc.

— Justement, j'ai pensé que tu aurais peut-être quelques suggestions...

— Voyons... dit Marc en réfléchissant aux possibilités. Tu pourrais déchirer la lettre, mais par expérience, tout finit par se savoir. Tiens, par exemple, madame Lemieux raconte à tout le monde qu'elle est tombée dans l'escalier et que c'est pour cette raison qu'elle a cet énorme panse-ment sur le nez. Pourtant, l'autre jour, chuchote-t-il, j'ai entendu une cliente confier à ma mère qu'en fait madame Lemieux a eu recours à une chirurgie esthétique.

— Ouf, les nouvelles vont vraiment vite ici !

Je suis soudain inquiet. Pourvu que maman ne se soit pas arrêtée, elle aussi à la boulangerie, où l'information semble circuler presque aussi vite que dans Internet.

— Par contre, tu pourrais présenter ta lettre de manière originale, suggère Marc en montrant du doigt des pâtisseries posées sur un comptoir.

— Comment ? lui demandé-je alors, intrigué.

— Est-ce que vous avez acheté une galette des Rois ?

— Je ne sais pas. Pourquoi ?

— Voilà, demain c'est le six janvier. À l'occasion de l'Épiphanie, beaucoup de gens en achètent une. Avant, on y cachait une fève, mais maintenant, c'est plutôt

une figurine. Celui qui la trouve dans sa part de gâteau est couronné roi.

— Oui, je suis au courant, et alors ?

— C'est simple. D'une, tu remets ta lettre de manière originale en l'attachant à la fève ; ne t'inquiète pas, ça, je m'en charge. De deux, tu te débrouilles pour tomber sur la fève et tu deviens roi. Alors, en tant que roi, tu n'auras qu'à demander d'avoir le privilège de ne pas être puni.

— Euh... Marc, ça ne marche pas vraiment comme ça. Quand on devient roi, c'est symbolique. C'est comme un jeu. D'ailleurs, ce n'est qu'une couronne de papier !

— C'est vrai, c'est vrai, reconnaît Marc qui revient doucement à la réalité. Bon, en tout cas, si ce moyen ne réussit pas, au moins, vous aurez mangé un bon dessert. Et ça, c'est bon pour les affaires de mon père !

Décidément, il passe trop d'heures à aider ses parents dans la boulangerie. Son raisonnement est un peu embrouillé ! La lettre dans la galette ? Non, impossible. Elle serait toute sale et je ne veux plus fâcher monsieur Ducharme. Je remercie Marc pour ses bonnes intentions, et j'achète deux petits babas au rhum avant de prendre congé de mon ami. Si l'idée de Marc ne me semble pas pratique, je pense en revanche que les petits gâteaux préférés de mes parents pourraient les prédisposer à être un peu plus cléments.

CHAPITRE TROIS

Le roi des bêtises

Il commence à faire nuit. Je réalise alors que je suis très en retard. Lorsque je franchis le seuil de la porte, j'ai la désagréable surprise de constater que papa est rentré plus tôt du travail, sans doute pour fêter mon anniversaire. J'aurais été content dans d'autres circonstances, mais aujourd'hui, j'aurais préféré préparer d'abord le terrain avec maman. Par préparer le *terrain*, je ne fais pas référence à un terrain de jeu, mais plutôt à un terrain de bataille ! Maman aurait pu convaincre papa d'être moins sévère. Les mères ont parfois le cœur tendre. Malheureusement, rien aujourd'hui ne semble fonctionner comme je l'avais escompté ! Maman m'accueille avec une froideur inhabituelle.

— Mais où étais-tu donc passé ? m'interroge-t-elle en essayant de contenir sa colère.

— Je me suis arrêté chez monsieur Léon (je pose la boîte de babas sur le comptoir de la cuisine tout en finissant ma phrase) pour parler avec Marc et...

— Tu sais bien qu'en semaine, tu as des devoirs à faire ! m'interrompt maman sans prêter attention à la boîte.

— Oh ça, je pense que je vais avoir plein de temps pour en faire...

Zut, ce n'est pas l'entrée en matière que j'avais prévue ! J'aurais dû commencer par présenter mes babas.

— Qu'est-ce que tu veux dire ? me demande papa qui entre à ce moment-là dans la cuisine.

N'y tenant plus, car ma conscience me tourmente depuis trop longtemps, je réponds de but en blanc.

— Eh bien, je suis suspendu de l'école.

— QUOI ! s'exclament mes parents en même temps.

Maman, contrairement à mes prévisions, explose.

— D'abord, tu arrives en retard. On se demandait d'ailleurs où tu traînais. Ensuite, pour couronner le tout, tu nous annonces que tu es suspendu de l'école le jour de ton anniversaire ! Belle surprise ! poursuit maman, rouge de colère. Mais que se passe-t-il ?

En entendant le verbe *couronner*, je me dis l'espace d'un instant que j'ai été bien inspiré de ne pas acheter la galette. Maman n'aurait pas manqué de me *couronner* roi des faiseurs de bêtises !

— Je ne comprends pas, continue papa en haussant la voix. Tu nous dois des explications !

— Elles sont là, les explications. Je sors la lettre de mon sac d'école. Et puis, ce n'est pas la peine d'en faire toute une histoire !

Je sais que j'ai tort, mais si je suis agressif, c'est que je ne sais ni comment expliquer à mes parents les raisons de mon retard ni celles qui m'ont poussé à voler le porte-clés. Je ne voulais pas leur causer de tracas. Je suis vraiment triste. Maman n'a pas su lire dans mes pensées. En plus, je ne suis pas sûr d'avoir bien lu, moi non plus, dans les siennes. La gorge complètement nouée, et dans l'impossibilité d'ajouter un mot de plus, je me précipite dans ma chambre.

Le roi des faiseurs de bêtises

CHAPITRE QUATRE

La nuit porte conseil

Mes parents me laissent méditer dans ma chambre jusqu'à l'heure du souper. Ils ne veulent pas gâcher davantage la soirée de mon anniversaire. Je leur en suis reconnaissant, j'ai eu ma dose d'émotions ! Le repas n'a pas lieu dans la gaieté habituelle, mais au moins, le sujet épineux du vol n'est pas abordé. Au dessert, maman et moi faisons un échange qui nous réconcilie un peu. Je lui sers son baba au rhum ; elle me donne un moelleux morceau de mon gâteau préféré qu'elle a préparé spécialement pour moi. Il est au chocolat.

À l'heure du coucher, je me lave les dents, mets mon pyjama et me précipite dans mon lit, épuisé par les événements de la journée. Je suis sur le point d'éteindre la lumière lorsque papa vient m'embrasser.

— Je voulais encore te souhaiter un bon anniversaire.

— C'est gentil, bredouillé-je.

— Tu sais, ce n'est pas toujours facile de grandir. On fait parfois des bêtises. Le plus important, c'est d'en tirer une leçon et de ne pas répéter les mêmes erreurs.

Mis en confiance par le ton de voix de papa, je lui raconte enfin tout ce qui s'est passé dans les moindres détails. Cela me réconforte. Il me prend dans ses bras, m'assure que maman et lui m'aiment malgré tout. Bien sûr, il y aura des conséquences, mais pas ce soir. La punition viendra plus tard, pas le jour de mon anniversaire. Il éteint la lumière et sort.

Seul dans mon lit, je regrette un peu de ne pas avoir avec moi le porte-clés de Charles. À ce moment précis, les phares de la voiture seraient certainement bien utiles pour combattre ma peur du noir. Le faisceau de lumière pourrait couper comme un laser les formes sombres qui semblent bouger dans ma chambre. À bien y réfléchir cependant, l'objet dérobé ne vaut absolument pas tous les désagréments que j'ai connus au cours de la journée. Marc affirme souvent que tout a un prix. Mon vol m'a définitivement coûté cher. En même temps, il m'a éclairé comme le feraient les phares d'une voiture, en perçant les mystères de la nuit. Sauf que là, il m'aide en quelque sorte à percer les mystères de la vie. Papa a raison. Je dois tirer une leçon de ma mauvaise expérience. C'est clair. Avant d'agir, il vaut mieux penser à l'effet que mes actions auront sur moi, mais aussi sur les autres. Plus important encore, je commence à mieux comprendre ce que monsieur Ducharme a déclaré : « Les gens adoptent certaines attitudes parce qu'ils ne veulent pas qu'on découvre leurs pensées. » Certaines actions ou attitudes sont donc souvent motivées par des pensées secrètes. L'agressivité de Charles n'a-t-elle pas été justifiée par la peur de perdre sa réputation de meneur ? Et celle dont j'ai fait preuve envers mes parents n'est-elle pas due à mon chagrin ? Probablement, d'ailleurs, que la colère de maman peut s'expliquer elle aussi. Si je savais lire dans les pensées... Je pourrais mieux comprendre la réaction de maman. Je commence à sentir que le sommeil engourdit mes idées. Je lutte encore un instant pour essayer de saisir les propos de monsieur Ducharme. *Pourquoi les gens ne veulent-ils pas que l'on découvre ce qu'ils pensent ?* Je sens que je m'endors. Demain. Oui, demain, je tenterai de résoudre ces propos mystérieux.

CHAPITRE CINQ

Un rêve étrange

Je me réveille avec l'impression d'avoir bien dormi, même si j'ai fait un drôle de rêve. En prenant mon petit-déjeuner, je me mets à y penser. J'ai rêvé que je rendais visite à Marc dans sa boulangerie. Jusque-là, rien d'extraordinaire, mais les choses prennent vite une tournure inattendue lorsqu'une femme à l'énorme pansement (sans aucun doute madame Lemieux, dont mon ami m'a parlé) entre pour acheter du pain. Elle s'adresse à la maman de Marc, et au fur et à mesure qu'elle parle, des lettres de l'alphabet s'échappent de sa bouche. Cette rivière de lettres va ensuite se coller au mur de la boulangerie pour former des mots. Et plus elle parle, plus le flot de

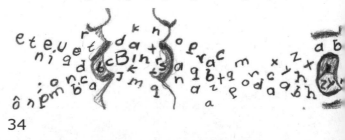

lettres s'intensifie. Je veux lui dire de s'arrêter, qu'elle va s'étouffer si elle continue comme ça, mais personne ne semble prêter attention à ce curieux phénomène. Je me tourne alors vers mon ami qui ne comprend pas pourquoi mes yeux sont si écarquillés.

— Marc, regarde, regarde...

— Oui, c'est la dame dont je t'ai parlé.

— Mais regarde, regarde...

— Chut, murmure Marc. Arrête, tu vas la gêner.

— Mais non, je ne te parle pas du pansement. Tu ne vois pas les lettres qui sortent de sa bouche ?

— Les quoi ?

— Les... Je suis incapable d'articuler un mot de plus, paralysé par ce que je vois.

Des lettres sortent maintenant de la bouche d'autres clients, alors qu'ils entament une conversation. Ça devient complètement hallucinant et je suis le seul à m'en apercevoir ! Je n'arrive ni à attirer l'attention des personnes dans le magasin ni à saisir le sens des mots écrits sur le mur. Soudain, monsieur Ducharme entre dans la boulangerie et tout redevient normal. Mon rêve se termine ainsi. J'ai quasiment l'impression qu'il contient une sorte de message, mais je suis incapable de le déchiffrer. D'ailleurs, je n'ai plus le temps d'essayer de le comprendre. Je ne veux pas arriver en retard à l'école. J'avale mes céréales à toute vitesse, attrape mon sac et sors de la maison.

CHAPITRE SIX

La leçon de grammaire

À l'école, je passe par le bureau de monsieur Ducharme pour lui remettre la lettre que mes parents ont signée. Il m'informe que je serai suspendu lors de la prochaine journée d'école. Le directeur a choisi la journée du lundi, en commun accord avec mes parents, ceux de Charles et les professeurs. Il déteste donner des sanctions et préfère s'entendre avec toutes les personnes concernées. La cloche sonne. Je suis le groupe d'élèves jusqu'au casier pour poser mes affaires et monte ensuite l'escalier en silence en compagnie de Marc. J'ai un peu honte de passer toute la journée à l'école, car je ne sais pas quelle sera la réaction des élèves. Mon ami est au courant du vol, mais que savent les autres ? Vont-ils se moquer de moi ? Heureusement, Charles n'est pas dans ma classe. Élisabeth, par contre, ne s'assoit pas très loin de mon pupitre. Lorsque j'entre, elle me jette un regard interrogatif et gêné. A-t-elle quelques remords de m'avoir dénoncé ? En même temps, je ne peux pas trop lui en vouloir. Elle n'a dit que la vérité. Je m'assois à ma place en évitant de regarder mes autres camarades. À mon grand soulagement, Frédéric, mon professeur, agit comme si de rien n'était. Le cours commence.

— Ouvrez votre grammaire à la page trente-deux. Revoyez, s'il vous plaît, le pluriel des noms. Ignorant la consigne de Frédéric, Élisabeth commence à tresser ses longs cheveux.

— Puisque tu ne sembles pas avoir besoin de réviser, Élisabeth, donne-nous le pluriel de cheval, exige Frédéric.

— Un cheval, des *chevals*, répond Élisabeth, sûre d'elle. Des ricanements se font entendre. Bien sûr, c'est facile de connaître la bonne réponse quand on a le livre ouvert à la bonne page.

— Et le pluriel de chou ?

— *Chous*. C-H-O-U-S, épelle-t-elle. Les rires reprennent.

— Si tu n'étais pas dans les choux, C-H-O-U-X, épelle à son tour Frédéric avec un petit sourire, tu saurais que le pluriel des noms qui finissent en *al* est *aux* et que chou ne prend pas un *s*, mais un *x* puisqu'il fait partie des exceptions. Cette fois, les rires s'intensifient.

Élisabeth se tourne vers moi, comme si elle cherchait le réconfort auprès de quelqu'un qui sait combien il est humiliant de commettre une bêtise. J'ai un peu pitié d'elle en lisant la gêne dans ses yeux. Et puis soudain, j'ai un drôle de sentiment. J'ai l'impression de savoir ce qu'elle pense. *Je voulais juste me coiffer pour attirer l'attention du professeur et celle des élèves, puis montrer que je suis capable de bien répondre aux questions. En me faisant remarquer, je voulais qu'on m'admire, qu'on m'aime.* La pauvre, on l'a remarquée, mais pas de la bonne façon. Lorsque les élèves sont enfin remis de leur fou rire, le cours de grammaire reprend. Cependant, j'ai du mal à me concentrer. Je me pose un tas de questions. Est-ce que j'ai bien deviné les pensées d'Élisabeth ? Comment se fait-il que maintenant, je puisse déchiffrer les pensées des autres, alors qu'hier, j'en ai été incapable lors de ma conversation avec Charles ? Y a-t-il un lien avec le rêve bizarre de la nuit dernière ? Tout cela est bien étrange, mais la première chose à faire pour comprendre ce qui m'arrive est d'abord de parler à Élisabeth. Elle seule peut me confirmer si j'ai su lire dans ses pensées.

CHAPITRE SEPT

Pas si bête, Élisabeth !

À la récréation, je cherche Élisabeth dans la cour. Je l'aperçois de loin ; elle est toute seule. Catherine, sa meilleure amie, est absente et cela m'arrange. Vu que je suis timide, j'aurais certainement eu du mal à aligner deux mots si elles avaient été toutes les deux ensemble. S'adresser à une fille est suffisamment difficile, ne parlons pas de deux ! Gêné, je m'approche.

— Élisabeth !

— Oui, dit-elle en se retournant. Si tu veux me parler à propos de ce qui s'est passé dans le bureau du directeur...

— Je sais. Tu as rapporté à monsieur Ducharme que tu m'avais vu...

— Oui, m'interrompt-elle. Charles cherchait son porte-clés partout. J'ai cru que tu l'avais emprunté, alors je lui ai dit que c'était toi qui l'avais. Charles m'a ensuite supplié de tout raconter à monsieur Ducharme. Je me suis sentie obligée de l'aider. Il voulait tellement récupérer son porte-clés.

Il semble après tout que, si elle m'a dénoncé, ce n'est pas parce qu'elle ne peut pas me supporter, mais plutôt parce qu'elle a eu pitié de Charles. Peut-être est-elle gentille en fin de compte ? Peut-être le sera-t-elle assez pour me révéler le fond de sa pensée comme je suis venu le lui demander ?

— Je suis content que tu m'aies avoué tout ça, mais je viens pour une autre raison. Quelque chose de personnel. Voilà, j'ai l'impression qu'aujourd'hui, il m'arrive un truc un peu bizarre.

Mis en confiance par son sourire, je lui confie l'étrange sentiment que j'ai eu plus tôt en classe.

— J'ai donc besoin de savoir si cette... euh... disons, manie que tu as de te coiffer, c'est pour te faire remarquer.

— Tu as vu juste, avoue Élisabeth, troublée.

— Mais pourquoi ? Tu ne passes pas inaperçue. Tu es bel... Je veux dire, tu as de beaux cheveux...

— Tu sais, j'aimerais être appréciée à l'école, qu'on me trouve belle et intelligente. Parce qu'à la maison, mes parents ne m'écoutent jamais. C'est frustrant, j'ai l'impression qu'ils ne remarquent même pas ma présence. Ils sont toujours occupés à parler du travail et des affaires. Ils n'ont pas trop l'occasion de s'intéresser à ce que je fais.

Je suis touché par ce qu'elle vient de me confier.

— En tout cas, moi, je trouve que tu es bien comme tu es.

— Amis, alors ? demande Élisabeth.

La cloche sonne.

— D'accord ! m'empressé-je de répliquer avant de quitter la cour de récréation.

J'ai la réponse à ma question. J'ai bel et bien été capable de lire dans les pensées d'Élisabeth. Cela m'a permis de découvrir sa vraie personnalité. Non seulement Élisabeth n'est plus bête à mes yeux, mais en plus, elle est devenue mon amie. C'est une amitié complètement inattendue. Je l'avais mal jugée. Je n'avais vu que sa drôle de manie, sans m'interroger sur les motivations profondes de son geste. Les apparences peuvent décidément être trompeuses.

CHAPITRE HUIT

La bande de Charles

Mes craintes se révèlent en partie exactes. Les élèves semblent être au courant du vol. Heureusement, la plupart ne m'en tiennent pas rigueur, à l'exception de ceux que Charles tente de monter contre moi. À la dernière récréation de la journée, ne supportant plus les moqueries de sa bande, je me décide à lui faire face en compagnie de mon fidèle ami Marc.

— Écoute, Charles, je me suis excusé hier. Qu'est-ce que tu veux de plus ?

— Je te l'ai dit. Tes excuses, je m'en fiche pas mal.

J'éloigne Charles du groupe pour que les membres de la bande n'entendent pas notre conversation. Marc nous suit.

— Pas la peine de te fatiguer, je suis au courant de la peine que je t'ai causée. Arrête ton cinéma.

— Mon cinéma ? De quoi est-ce que tu parles ? demande Charles, qui commence à perdre contenance.

— Oui, ton cinéma. Je pense que tu prétends ne pas être affecté par le vol.

— N'importe quoi ! nie Charles sur ses gardes.

Je le regarde dans le blanc des yeux et soudain je ne sais pas ce qui me prend, mais j'ai le sentiment de lire sur le visage de Charles comme dans un livre ouvert ; mon esprit semble me dicter les mots.

— Tu fais semblant d'être fort pour cacher à tes amis qu'en réalité, tu es un gars sensible. Tu ne veux pas qu'ils rient de toi s'ils apprennent que tu as pleuré ton porte-clés.

— Quoi ?

— Ne t'inquiète pas, ton secret sera bien gardé. N'est-ce pas, Marc ?

— Juré sur le pain de mon père ! affirme celui-ci.

— Dans ce cas, déclare Charles, qui connaît la valeur de la promesse de Marc, je vais vous confier un secret. Mais vous le gardez pour vous ?

— Promis.

— Vous savez, c'est difficile d'avoir des amis quand on pleure souvent. À l'école où j'étais auparavant, tout le monde se moquait de mes larmes. Je me suis juré qu'ici, ça ne se reproduirait plus.

— Je te comprends, mais dans ce cas, tu ne seras jamais toi-même, explique Marc. C'est comme si je disais à mon père que j'adore le métier de boulanger, mais que je rêve de devenir chanteur d'un groupe rock. Je serais malheureux toute ma vie !

— C'est vrai, je n'avais pas pensé à ça...

— Tu n'as pas besoin de jouer au dur. Je suis sûr que tes vrais amis t'aimeront comme tu es ; sinon, tant pis pour eux. Si tu veux, nous pouvons même devenir tes nouveaux amis !

— D'accord, répond Charles qui se sent soudain délivré d'un poids.

Nous nous serrons la main tous les trois pour sceller notre nouvelle amitié. Je n'en reviens pas, je ne me suis jamais fait autant de copains en si peu de temps !

CHAPITRE NEUF

Une grand-mère
pas comme les autres

C'est samedi soir. Je commence à trouver le temps long. La punition de mes parents m'a été donnée hier soir. Pas de télé pendant quinze jours ! Pas de visites non plus chez mes amis ! Durant toute la journée, je me suis senti partagé entre l'envie de lire de nouveau dans les pensées de quelqu'un et la peur d'y arriver. Mais même si je ne sais ni comment expliquer ce curieux phénomène ni quoi en faire, un peu d'action aurait été la bienvenue, car je m'ennuie à mourir. Toujours est-il que rien ne s'est produit. Heureusement, grand-mère a la bonne idée de venir me tenir compagnie. Je l'aime bien. Ses yeux légèrement en amande – dans lesquels brille une lueur particulière – témoignent d'une lointaine origine amérindienne. Quant à sa taille, elle est pratique. Je peux très facilement lui chuchoter des secrets à l'oreille. Mais grand-mère n'est pas seulement abordable en raison de sa petite taille. Son esprit est aussi accessible. Je lui parle librement, ce qui n'est pas toujours le cas avec les adultes qui m'entourent. Elle est capable de m'écouter parler pendant des heures sans jamais trouver mes histoires trop longues ni ennuyeuses. J'aime passer du temps avec grand-mère. Elle me donne toujours d'excellents

conseils ; simples, et pleins de bon sens. Elle fait preuve d'une grande sagesse et je ne manque jamais de la complimenter à ce sujet. Elle aime alors me répondre que, malheureusement, cette qualité n'est pas donnée à tout le monde. « Certaines personnes semblent aussi imperméables à la sagesse qu'un imperméable, à la pluie », ajoute-t-elle souvent en plaisantant. Toujours le mot pour rire ! Elle réussit à dédramatiser les pires situations. Aujourd'hui, sa bonne humeur est appréciée, car il y a encore une légère tension entre mes parents et moi.

Malgré son sourire habituel, je sens cependant qu'elle n'est pas dans son assiette. Elle semble inquiète. C'est curieux, j'ai de nouveau l'impression de pouvoir lire dans les pensées. Je parie qu'elle pense au rendez-vous qu'elle vient de prendre chez son docteur. On dirait qu'elle craint d'apprendre de mauvaises nouvelles sur sa santé. Je trouve comme prétexte de lui montrer ma collection de livres dans ma chambre pour la conduire à l'étage. Une fois que nous sommes seuls, je lui confie ma mésaventure à l'école et mes conversations avec Élisabeth et

Charles. Je lui explique ce que j'ai cru découvrir dans ses pensées.

— C'est vrai, avoue-t-elle. Je ne voulais rien te dire pour ne pas t'inquiéter sans raison. C'est étrange que tu aies pu lire dans mes pensées. Il se pourrait que...

Elle ne termine pas sa phrase. Après un bref silence, elle me demande :

— As-tu fait récemment un rêve étrange ?

— Oui, grand-mère. Un rêve à dormir debout ! Je n'y ai rien compris.

— Parfois, les rêves ne sont que des rêves, mais parfois, ils sont l'expression de notre inconscient. C'est-à-dire qu'ils confirment ce que nous savons déjà au fond de nous. Ils nous livrent un message, révèle-t-elle. Comme toujours, elle est pleine de sagesse, mais aussi étrangement sérieuse. Il se pourrait que ton rêve remplisse cette fonction-là. Décris-le-moi en détail et voyons si nous pouvons le comprendre.

J'exauce aussitôt son souhait, content à l'idée que grand-mère prenne mes questions au sérieux.

— À la fin du rêve, monsieur Ducharme entre dans le magasin et tout redevient normal, raconté-je en terminant mon récit.

— Hum... Pour expliquer les rêves, il faut parfois commencer par analyser la fin. Le fait que monsieur Ducharme soit présent dans ton rêve et que son arrivée mette fin au curieux événement que tu m'as décrit signifie, à mon avis, qu'un changement s'est opéré en toi à la suite de ton fâcheux incident à l'école et de ta conversation avec le directeur. C'est peut-être dû à un choc émotionnel, à des remords...

— Oui, mais quoi ?

— Pour répondre à ta question, il nous faut revenir un instant à ton récit. Tu m'as raconté que des lettres s'échappent de la bouche, d'abord de madame Lemieux, puis des clients de la boulangerie, récapitule-t-elle, et que personne ne semble s'en apercevoir ?

— Oui, c'est ça.

— Que des lettres sortent de la bouche, continue grand-mère, constitue un phénomène pour le moins inhabituel. Et à tout phénomène inhabituel correspond un don exceptionnel. C'est ce que tu as, et tu es le seul dans ton entourage à le posséder, puisque dans le rêve, personne ne s'aperçoit de ce qui se passe, sauf toi.

— Ce changement serait alors que je possède maintenant un... un don ?

— Oui, c'est même clair. En effet, tu m'as dit que madame Lemieux raconte à tout le monde qu'elle est tombée dans l'escalier, mais qu'en réalité, elle a eu recours à une chirurgie esthétique.

— Oui, c'est ce que Marc m'a affirmé.

— Est-ce que tu t'es demandé pourquoi elle ment ?

— Euh... non !

— Eh bien, elle tente de cacher la vraie raison pour laquelle elle porte un pansement. Elle ne veut pas qu'on sache qu'elle s'est fait opérer pour rendre son nez plus beau ni avouer qu'elle manque de confiance en elle. On pourrait dire que, dans ton rêve, elle représente les individus qui tentent de dissimuler leurs pensées. Ton don à toi serait de lire dans les pensées de ces gens-là. Tu as d'ailleurs pu deviner celles d'Élisabeth et de Charles, et les miennes.

— Mais si j'ai le don de lire dans les pensées, pourquoi, alors, dans mon rêve, suis-je incapable de déchiffrer et de comprendre les mots formés par les lettres ?

— C'est parce que les lettres ne sont que des lettres. Elles ne deviennent des mots que lorsqu'on est capable d'aller au-delà de ce qu'on voit. Et pour cela, il faut être perspicace. Surtout si ce sont des pensées ou des intentions que les gens essaient de masquer.

— Mais pourquoi les gens veulent-ils cacher leurs pensées ? demandé-je, intrigué et plein d'espoir.

Grand-mère va peut-être enfin éclaircir le sens de la phrase prononcée par monsieur Ducharme dans son bureau.

— Parfois, certaines personnes ne veulent pas inquiéter leurs proches, comme moi. D'autres n'osent pas se montrer trop vulnérables de peur de s'exposer aux moqueries et aux sarcarmes. C'est le cas, par exemple, de Charles ou de madame Lemieux. Et puis, il faut l'avouer, dans ce monde, il y a parfois des individus aux mauvaises intentions. Ils ne souhaitent surtout pas qu'on découvre leur vraie nature, car cela les empêcherait de mener à bien leurs agissements.

— Tout ça est bien dommage.

— Oui, mais ce qui le serait encore plus, ce serait de ne pas te servir de ton talent.

— Mais je ne suis pas sûr de vouloir m'en servir. C'est difficile de connaître ce que les gens pensent ou ce qu'ils vivent. Ça va pour la famille, mais les autres... Et puis, j'en fais quoi de toutes ces pensées ? Je ne peux pas régler les affaires de tout le monde !

— Patience, mon petit. Avec le temps, tu vivras des expériences qui t'aideront à décider quoi faire de ce don. Mais je suis certaine d'une chose, c'est qu'il est précieux et que peu de personnes le possèdent. Il arrive même qu'en vieillissant, on le perde.

— Comment ?

— En grandissant, nous avons parfois tendance à nous laisser prendre dans le tourbillon de la vie. Nous nous préoccupons de certains événements et nous oublions l'essentiel, c'est-à-dire prêter attention à ce qui se passe autour de nous.

Toutes les pièces du mystérieux casse-tête semblent enfin s'encastrer les unes dans les autres. Une question m'intrigue encore cependant.

— Dis-moi, grand-mère, comment sais-tu tout ça ?

— Moi, j'ai le pouvoir d'interpréter les rêves ; mais ça, c'est une autre histoire. Quant à toi... Ton grand-père m'a une fois confié que, quand il était petit, il avait entendu dire qu'un de ses ancêtres avait jadis ce même don.

— Pas possible !

— Si. D'ailleurs, est-ce que tu t'es déjà demandé d'où venait l'origine du nom de famille Lapensée ?

— Non.

— Eh bien, lorsque les soldats français arrivaient en Nouvelle-France, on ajoutait souvent un surnom à leur nom de famille pour les distinguer les uns des autres. Il était parfois donné pour souligner un trait de caractère. C'est le cas, par exemple, de Sansregret ou Sansfaçon. D'après ton grand-père, ton ancêtre, lui, savait lire dans les pensées. D'où son surnom Lapensée. Puis, au fil du temps, les gens ont conservé seulement le surnom pour mieux les désigner. C'est pourquoi, aujourd'hui, certains noms sont si originaux.

— Mais est-ce que d'autres ont eu ce don dans la famille ?

— Ça, je ne sais pas vraiment. Comme je te l'ai dit, c'est un pouvoir rare.

Grand-mère s'arrête de parler, soudain rêveuse, puis elle ajoute :

— Si tu me le permets, j'aurais un dernier petit conseil à te donner.

— Oui, vas-y.

— Le jour où tu décideras de lire dans les pensées secrètes des gens, il te faudra faire preuve de compassion. Pour ça, tu devras ouvrir grand tes oreilles et ton esprit et te mettre en quelque sorte à leur place. Plus important encore, il est essentiel que tu utilises ce don uniquement pour faire du bien, sinon tu le perdras définitivement.

CHAPITRE DIX

Le grand chamboulement

C'est dimanche. Même si je suis puni, mes parents m'ont autorisé à participer au match de hockey. À vrai dire, c'est quasiment une punition. Disons que je ne partage pas toujours l'euphorie générale de mes camarades pour ce sport. Quand je pense par exemple à Dimitri, non, je ne peux pas affirmer que lui et moi sommes sur la même longueur d'onde. Mon copain est un vrai mordu du hockey qui ne rate aucun match des Canadiens. Il connaît les noms de tous les joueurs, découpe les articles de journaux qui traitent de ses préférés, est au courant de la date et de l'heure de tous les matchs de la LNH et porte la tuque et le chandail de son équipe. Bref, il possède tout, tout ce qu'il peut trouver sur les Canadiens. Et s'il ne le trouve pas, il le réclame systématiquement en cadeau ! Si je m'adonne à cette activité, ce n'est pas tant parce que j'en suis passionné comme Dimitri, mais plutôt parce que mes parents pensent que le hockey forme la jeunesse et que c'est le sport idéal pour jouer à l'extérieur, comme à l'intérieur. J'ai finalement accepté de joindre les rangs d'une équipe pour faire comme mes voisins, avec qui j'aime bien m'amuser.

Dans les vestiaires, j'enfile mon équipement. Être gardien de but présente un avantage certain : j'évite les bousculades sur la glace ! Et puis, l'entraîneur apprécie mes « nerfs d'aciers », comme il me le répète souvent. En réalité, je ne fais pas vraiment preuve de sang-froid. Si je garde mon calme, c'est plutôt parce que le résultat du match, ce n'est pas à mes yeux l'essentiel. Pour moi, ce qui compte, c'est surtout de m'amuser. Alors, je ne me stresse pas trop, je me contente de faire de mon mieux. Je dois avouer cependant qu'aujourd'hui, je suis nerveux. Peut-être parce que nous allons être filmés. Notre entraîneur nous a informé qu'une équipe de la télévision locale sera présente à l'occasion du match. Elle prépare un documentaire sur l'activité physique et les effets positifs du sport sur la santé des joueurs. Le hockey présente un intérêt à leurs yeux ; ils veulent montrer des jeunes en action.

— T'es prêt ? me demande Dimitri, qui me trouve, comme toujours, un peu lent à m'habiller. Tu veux un coup de main ?

— Non, ça va, j'y suis presque.

Bob, notre entraîneur, entre à ce moment-là. Il vient comme d'habitude nous encourager.

— Bon, alors je compte sur vous, les gars. Nous allons jouer comme jamais auparavant ! Vous ne voulez pas avoir l'air ridicule, hein ? N'oubliez pas qu'on va nous filmer !

— Oui, mais cette équipe-là, c'est la meilleure, se plaint Dimitri. Ils gagnent toujours et, comme dit mon père, ils ne sont pas tendres.

Ah ! le père de Dimitri ! Un autre accro du hockey ! Je n'arrive pas à savoir qui du père ou du fils est le plus énervé le jour du match !

— Pas de souci, Dimitri. Ils ont joué hier, précise Bob. Ils sont fatigués.

— Super ! crient les gars de l'équipe, soulagés.

— Bon, allez, on y va ! s'écrie l'entraîneur.

La partie est bien entamée, mais plus le temps passe, moins ça semble tourner à notre avantage. Le fait que notre équipe soit incapable de marquer un but me rend impatient. Et c'est certainement à cause de ma nervosité que j'ai déjà laissé passer plusieurs rondelles dans le filet.

— Vas-y, Dimitri ! que je me surprends à crier de loin.

Les parents hurlent les prénoms de mes coéquipiers pour tenter de les encourager à leur tour. Soudain, William réussit une interception, puis une passe à Dimitri qui en profite pour patiner jusqu'au filet de l'équipe adverse. Seul devant le gardien, il tire un vrai boulet de canon ! Imparable !

— C'est le but! s'écrient les spectateurs, croyant voir la rondelle se faufiler dans le filet.

Mais l'arbitre juge que le disque n'a pas franchi la ligne rouge. Je me dis que la rondelle est peut-être entrée, puis a rebondi sous la puissance du tir. Difficile de le savoir. Placé à l'autre bout, je n'ai bien sûr rien pu voir...

Furieux de la décision de l'arbitre, quelques parents se précipitent sur la patinoire. Parmi eux, j'aperçois le papa de Dimitri qui gesticule. Bob semble également très énervé. Je n'ose pas quitter mon poste de peur que le jeu reprenne, mais de loin, je vois que la situation est en train de dégénérer. Pourtant, ce n'est pas le moment ! On nous filme ! Le documentaire sur l'activité physique tourne maintenant en reportage sur une bataille générale. Je me demande quels arguments valables – en ce qui concerne les effets bénéfiques du hockey sur la santé – ils pourront en tirer ! Je commence à regretter d'être là. Soudain, le ton des voix hausse, créant un brouhaha général. N'y tenant plus, je m'approche de l'échauffourée. Ébranlé par un coup inattendu, l'arbitre se retrouve allongé sur le dos. En colère, quelques parents de l'équipe adverse descendent à leur tour sur la patinoire et s'adressent à mon entraîneur.

— Mais vous êtes malade de frapper un arbitre comme ça ! C'est ça, l'esprit du jeu ? Vous devriez avoir honte !

— Sortez l'entraîneur ! crie quelqu'un.

Entouré de mes camarades, je suis suffisamment près de Bob pour le voir pâlir.

— Mais c'est vous qui êtes malades, je n'y suis pour rien ! Je tentais de séparer tout le monde ! dit-il, indigné.

Qui a donc frappé l'arbitre ? Pourtant, j'étais tout près de la mêlée ! Mais avec le nombre de curieux autour de lui à ce moment-là, il m'est bien difficile de savoir d'où le coup est parti. Je n'arrive pas à croire que mon entraîneur en soit à l'origine. Il est sans doute un peu énervé, mais ce n'est pas dans ses habitudes de s'en prendre aux autres. De plus, il n'a pas l'air d'un homme qui vient de commettre un geste répréhensible. Quelle pagaille ! Et puis ces pensées qui se bousculent de nouveau dans ma tête... Voilà que j'ai l'impression d'entendre Bob : *C'est incroyable ! J'essayais de contrôler tous ces parents furieux et voilà qu'on m'accuse, moi ! Moi ? Mon Dieu, jamais je ne vais pouvoir...* Mon attention se tourne soudain vers quelqu'un d'autre : *Stupide ! Je suis stupide. Qu'est-ce qui m'a pris ? Frapper un arbitre ! Bel exemple que je donne.* Je me mets alors à chercher l'auteur de ces pensées et d'où elles proviennent. Horreur ! Il semble s'agir du père de Dimitri ! *Je ne pourrai jamais avouer que c'est moi le coupable !* pense-t-il, contrarié et visiblement inquiet.

Que faut-il que je fasse ? Je suis placé dans une terrible situation. Dénoncer le père de Dimitri et faire de la peine à mon ami ou ne rien dire et laisser mon entraîneur être accusé d'une faute qu'il n'a pas commise ? Rien, je ne dois rien faire. D'abord, suis-je absolument certain que le père de Dimitri est le coupable ? Ensuite, comment le prouver ? Me croira-t-on ? J'ignore encore comment utiliser ce don rare et je ne vais tout de même pas avouer que je lis dans les pensées ; devant la caméra en plus ! Et puis, qui a dit que je dois toujours m'en servir ? Non, non, impossible. Il vaut mieux me taire, ne rien faire. Les responsables s'apercevront sans doute que Bob est innocent. Après tout, toute cette histoire, c'est une affaire d'adultes ! Je n'y suis pour rien !

Pendant que je débats la question intérieurement, les gens continuent de s'agiter et de pointer mon entraîneur du doigt. *Jamais je ne vais pouvoir travailler de nouveau*, pense Bob. *Je serai expulsé, rayé de la liste des entraîneurs !* Bob fait mine de s'approcher de l'arbitre. Malgré sa peine et sa déception, il est décidé à relever le pauvre homme. Mais les parents, croyant que Bob veut remettre ça, le bousculent. L'entraîneur perd l'équilibre et tombe lourdement sur la glace.

— Aïe ! J'ai mal. Je ne peux plus bouger la jambe, se plaint Bob.

— Reculez ! s'écrie le papa de Dimitri, qui essaie d'apaiser ses remords en lui venant en aide.

— Que tout le monde sorte de la patinoire, articule avec difficulté l'arbitre qui se relève enfin. Tout le monde dehors ! Le match est fini. Rentrez chez vous, les enfants.

Nous nous dirigeons la tête basse vers les vestiaires. Nous regrettons tous que la partie se termine ainsi. Après tout, nous voulions juste nous amuser. Évidemment, certains parents ont pris les choses trop au sérieux. Toute l'équipe se change dans un vacarme général. Les conversations tournent autour de la bagarre. Moi, je n'émets aucun commentaire, car je suis trop inquiet au sujet de mon entraîneur. Je ne

suis pas si sûr d'avoir correctement réagi. Mais en même temps, je ne vois pas ce que j'aurais pu faire d'autre. Cette question me tracasse encore, même après mon départ de l'aréna. En fait, je ne cesse d'y penser dans la voiture que papa conduit sur le chemin du retour.

— Papa ?

— Oui, fiston.

— Est-ce que des fois tu as l'impression que c'est difficile de prendre la bonne décision ?

— Oui, parfois. C'est cette malheureuse histoire à l'aréna qui te tracasse, hein ?

— Oui.

— Tu te demandes si l'arbitre a eu raison de refuser le but ?

Bien sûr, je ne pense pas à cette décision-là, mais plutôt au fait que j'ai évité d'utiliser mon talent. Papa me donne cependant une excellente occasion de trouver une réponse à ma question sans toutefois en parler directement.

— Oui, c'est-à-dire que... disons que, s'il avait accordé le but, il n'y aurait pas eu toute cette pagaille et il n'aurait pas été blessé.

— Sûr, mais en même temps, s'il l'avait accepté juste pour ne pas se mettre les spectateurs et ton entraîneur sur le dos, il aurait été injuste, indigne d'être un arbitre. Il n'a pas agi en fonction de ce qui l'arrangeait ni pris la décision la plus facile. Il a plutôt fait ce qu'il devait faire en tant que juge.

— Quelles que soient les conséquences ?

— Oui. Par contre, même si on prend une décision difficile, il y a toujours manière et *manière* de l'exécuter. Disons qu'il est possible d'être plus *diplomate*. L'arbitre aurait pu, par exemple, éviter la bagarre en donnant une explication.

Papa a raison. Je comprends maintenant que j'aurais dû agir pour démontrer l'innocence de Bob. C'était l'attitude à adopter, quelles que soient les conséquences. Mais quoi faire ? Et comment ? Je ne vois toujours pas.

— Ne t'en fais pas, me dit papa pour me rassurer. La ligue ne tardera pas à nous renseigner sur la blessure de Bob.

Je ne réponds pas. Je suis quand même encore un peu soucieux et me sens un brin responsable. J'ai un poids sur ma conscience...

* * *

Assis dans le salon, j'essaie de me concentrer sur un livre, pendant que mes parents sont plantés devant la télévision. Je m'interroge d'ailleurs, comme tous les soirs, sur ce qui les pousse à regarder le journal télévisé — cet ensemble déprimant de nouvelles que donne la présentatrice tout en gardant le sourire — lorsque, du coin de l'œil, j'aperçois un reportage sur un match de hockey. Tiens, on parle de nous ! Et on montre la bagarre !

— Augmente le volume, papa !

« Nous avons été témoins, raconte le commentateur, d'une scène pour le moins surprenante. Alors que nous filmions un documentaire, précise-t-il... »

Voilà que nous passons aux nouvelles ! Évidemment, ce n'est pas le plus flatteur des contextes pour parler de notre équipe. Tout en me lamentant intérieurement, j'écoute la suite des explications : « Comme vous pouvez le voir sur la séquence suivante, poursuit le commentateur, l'entraîneur n'y était pour rien. C'est en vérité l'un des parents qui, en raison d'un excès de colère, a infligé à l'arbitre le malheureux coup. Là, vous voyez au ralenti. Bien entendu, il a présenté ses excuses... »

— Quoi ? mais c'est le père de Dimitri ! s'écrie papa. C'est incroyable !

« L'entraîneur ne fera l'objet d'aucune sanction. Une bonne nouvelle pour ce monsieur qui s'est légèrement foulé la cheville en tombant... »

— Bon, le dénouement est positif pour Bob, fait remarquer papa. Au moins, grâce à la caméra, nous savons maintenant que son comportement est irréprochable.

Oui, la caméra ! C'est ça, je n'y avais pas pensé ! J'aurais tout simplement dû demander le visionnement de la cassette vidéo pour innocenter mon entraîneur. Tout le monde aurait vu qu'il n'y était pour rien. Je n'aurais pas eu besoin d'accuser le papa de Dimitri non plus, puisque la preuve était là, sur la cassette. Voilà la bonne décision. Et en plus, j'aurais agi de façon diplomate ! Finalement, je me rends compte que mon don est accompagné d'une certaine obligation. Je dois l'utiliser, même si cela me place parfois dans des situations difficiles. J'ai une certaine responsabilité. Ça doit être ça, grandir.

CHAPITRE ONZE

Un voleur à la boulangerie

Suspendu de l'école pour la journée, je tourne en rond à la maison. Et je pense... Je me dis que, si grand-mère m'a permis de comprendre le don que je possède, elle n'est pas arrivée à me le faire accepter. Par contre, l'événement au match de hockey a été déterminant. À présent, j'ai la conviction que je dois l'utiliser pour rendre service et peut-être même empêcher quelques injustices. Je suis bien décidé à devenir en quelque sorte un Robin des Bois de la pensée. Soudain, par je ne sais trop quel miracle, maman semble avoir pitié de moi. En fait, j'en suis même certain, car les conseils de grand-mère sont efficaces. En gardant mes sens en alerte, je viens de lire sans équivoque dans les pensées de maman. C'est à la fois grisant et un peu effrayant. Maman prétexte donc avoir besoin de pain pour m'envoyer en chercher à la boulangerie. J'ai là une occasion rêvée de sortir et de continuer à tester mes capacités. Maman n'a donc pas besoin de me le demander deux fois. Je prends mon manteau et me précipite à l'extérieur. Dehors, il neige et il fait froid. Je presse le pas, même si j'appréhende de remettre les pieds dans le lieu où s'est déroulée la scène troublante de mon rêve. J'arrive bientôt devant Chez Léon. Avant d'entrer, je secoue la neige sur mon manteau et, du même coup, mes dernières appréhensions. Il est midi. La boulangerie est pleine à craquer. Je me glisse parmi les clients et j'attends patiemment mon tour. Devant moi, il y a un vieux monsieur. Il est tellement emmitouflé dans son manteau que j'ai failli ne pas le reconnaître. C'est André, notre voisin. Même s'il passe aux yeux de tous pour un original qui perd la mémoire, je l'aime bien, André. En général, il met les gens mal à l'aise. Pas moi. Je pense qu'il a un bon fond. Je suis également convaincu qu'il possède deux qualités essentielles : la franchise et une imagination débordante. Mon voisin raconte des histoires que les gens jugent insensées, mais qui, à mon avis, sont passionnantes. Je lui tapote le dos pour lui signaler ma présence.

— Ah, Étienne. Comment vas-tu ?

— Bien, merci et vous ?

— Bof, tu sais, le froid, ce n'est pas très bon pour mes vieux os. Mais dis-moi, petit, tu ne devrais pas être à l'école aujourd'hui ? On est bien lundi ? dit-il, incertain du jour.

— Oui, oui, c'est bien lundi aujourd'hui, mais je...

Je n'ai pas le temps de finir ma phrase, soudain alerté par mes sens. J'ai l'impression que quelqu'un d'autre me parle. C'est curieux pourtant, car personne ne semble s'adresser à moi, mis à part André. Mon regard est attiré par un homme qui se tient à côté de mon voisin. J'ai la certitude que les pensées de cet inconnu ne présagent rien de bon. Voleur à la tire, il est entré dans la boulangerie dans l'intention de s'emparer du portefeuille d'un client distrait. C'est d'autant plus facile que nous sommes tous à l'étroit, serrés les uns contre les autres, comme des sardines. Ce coup-ci, pas d'hésitation ! Je dois passer à l'action, quelles que soient les conséquences. Tant pis si je n'ai pas le temps de déjouer la manœuvre du malfaiteur avec diplomatie. Il est hors de question de laisser André se faire voler !

— André ! André !

Je tire la manche de mon voisin pour attirer son attention, car il me tourne de nouveau le dos. Il a dû oublier qu'il m'a posé une question.

— Oui, Étienne ?

Je tire maintenant si fort la manche d'André que je l'oblige à se pencher. Je lui chuchote une mise en garde à l'oreille.

— Attention ! Le monsieur à côté de vous veut vous voler votre portefeuille. Impossible de tout vous expliquer maintenant, mais soyez prudent.

— Oui, mon portefeuille ? s'écrie mon voisin, l'air surpris. Soudain, il le brandit et se met à crier. Il est là ! Voilà mon portefeuille ! Clients, employés et propriétaires de la boulangerie dévisagent André un instant. Évidemment, tout le monde croit qu'il s'agit là de l'un de ses gestes bizarres et incompréhensibles qui le caractérisent. Les regards étant tous tournés vers André, l'inconnu abandonne sa tentative de vol. Le moment n'est plus propice. À mon grand soulagement, il disparaît rapidement du magasin. N'y comprenant rien et un peu gênés, les clients concentrent leur attention vers les étals que monsieur Léon remplit de pains frais, tout juste sortis du four. André me fait un clin d'œil.

— Pas mal, hein ? me murmure-t-il, tout souriant.

— Oui, bien joué ! répliqué-je, content qu'il ait réagi avec sang-froid et originalité.

Mais ma joie est de courte durée. Mon voisin semble avoir oublié mon avertissement à propos du voleur, puisqu'il me demande :

— Ah, au fait qu'est-ce que tu me disais à propos du monsieur ? Tiens, où est-il passé ?

Je reste muet, déconcerté. J'ai cru qu'André avait crié pour attirer l'attention sur lui et donc pour déjouer les plans de l'inconnu. Mais m'a-t-il vraiment compris ? A-t-il déjà tout oublié ? Me joue-t-il un tour ?

— Monsieur ? Monsieur ! C'est à vous, annonce une employée. Vous voulez une baguette, comme d'habitude ?

Impossible d'en savoir plus, mon voisin est maintenant occupé à se faire servir. La maman de Marc me sert à mon tour. André paie à la caisse et me lance en sortant : « À bientôt, Étienne ! » tout en clignant encore une fois de l'œil. Je n'en sais pas plus sur ce qui a motivé son comportement bizarre. Cependant, je comprends vite une chose. Si cela m'est devenu plus facile de lire dans les pensées des gens, maintenant que j'y suis disposé, je n'arrive pas encore en revanche à réagir de façon suffisamment *diplomate* pour m'assurer que j'aide discrètement la victime en question.

CHAPITRE DOUZE

Surprise !

C'est mardi. Un test-surprise. Et pour une surprise, ça en est une, mais pas du genre de celle qu'on crie à quelqu'un à qui on veut souhaiter un joyeux anniversaire ! Non, c'est plutôt un événement pénible. Qui a d'ailleurs eu l'idée d'inventer ce type d'examen ? J'ai toujours pensé que les professeurs le sortent de leur bureau un peu comme par magie, de la même manière qu'un magicien sort un lapin de son chapeau. Et à vrai dire, je me sens aussi impuissant que le pauvre animal. À moins, comme dit Marc, que les professeurs aient recours à ce genre de test pour occuper une période de cours qu'ils n'ont pas eu le temps de préparer !

Peu importe, je me retrouve là devant ma feuille blanche, en manque d'inspiration. Apparemment, je ne suis pas le seul. En jetant un coup d'œil sur les autres élèves, je constate que Marc regarde le plafond en attendant je ne sais quel miracle. Certains semblent très contrariés. Je n'ai pas besoin de lire dans les pensées pour le deviner. D'autres encore ont l'air même un peu inquiet. Mon regard se pose sur Daniel. Il est arrivé en classe juste avant Noël, et comme beaucoup de mes camarades, je n'en sais pas beaucoup à son sujet. Sauf qu'il souffre de mauvaises notes chroniques. Ses devoirs et ses examens sont bourrés de fautes d'orthographe des plus fantaisistes, ce qui a le don d'irriter notre professeur. Frédéric a d'ailleurs déclaré à Daniel qu'il a la tête dans les nuages. « Tu ferais mieux d'être moins comique et de te concentrer davantage », lui a-t-il déjà fait remarquer. Le regard de Frédéric vient d'ailleurs de se poser sur Daniel. De manière encore une fois inattendue, je devine les pensées de mon professeur. Ce n'est pourtant pas le moment. Je dois me concentrer sur mon test, mais cela m'est impossible. Frédéric, convaincu que Daniel est une vraie tête en l'air, songe : *Je suis tellement déçu de constater que, si cet élève continue comme ça, il accumulera un retard considérable d'ici la fin de l'année. Mais quoi faire ?* Et puis, j'entends aussitôt Daniel qui se lamente : *C'est ma pire journée... Un test-surprise ! Je n'ai pas de chance. Je vais encore tout écrire de travers et Frédéric va croire que je le fais exprès. Je passe toujours pour quelqu'un qui rêvasse, mais comment avouer que je suis peut-être légèrement dyslexique ? Si j'écris* branche, *pour* chambre, amal *pour* animal *ou* tarachute *pour* parachute, *ce n'est pas ma faute ! J'ai fait promettre à mes parents de ne rien dire avant d'avoir la confirmation par un spécialiste. Ah ! en attendant, je préfère plutôt passer pour un cancre original que pour quelqu'un qui n'est pas intelligent. Quand les gens entendent le mot* dyslexie, *ils en déduisent que la personne qui en souffre est idiote !*

Voilà l'explication ! Toutes les fautes d'orthographe de Daniel ne proviennent pas d'un manque d'attention, il semble souffrir de... de quoi déjà ? Ah, oui, de dyslexie. Il faut que je cherche ce mot dans le dictionnaire. Je dois en apprendre davantage au sujet du problème de mon camarade. Ensuite, il me faudra trouver comment régler ce malentendu entre mon professeur et Daniel. Mais ce coup-ci, pas d'intervention trop directe ! J'ai eu ma leçon avec l'incident d'André à la boulangerie. Mon cerveau fonctionne déjà à cent à l'heure. Je commence à échafauder toutes sortes de plans, lorsque mon regard se pose, cette fois, sur ma montre. Le temps passe... Je n'ai plus le choix, il faut maintenant que je réponde aux questions du test si je ne veux pas recevoir une mauvaise note. Je repenserai à cette affaire ce soir.

CHAPITRE TREIZE

L'exposé de Daniel

Maman est étonnée de voir à quelle vitesse j'ai fini mes devoirs, mangé et pris mon bain. Non, ce n'est pas pour lui faire plaisir, je l'avoue. Si elle n'a pas eu à me répéter cent fois les consignes, ce n'est pas parce que c'est une occasion spéciale comme la fête des Mères, où en général, je m'applique à être gentil. Non, si je me suis dépêché, c'est pour avoir le temps d'effectuer une petite recherche. Je me suis demandé toute la journée ce que le mot *dyslexie* signifie. Je monte dans ma chambre et m'installe à mon bureau. J'ouvre mon dictionnaire. Je cherche : d-i-s-l-e-x-i-e. Tiens, c'est curieux, je ne le trouve nulle part. À moins qu'il ne s'écrive autrement. C'est vrai que j'oublie toujours

s'il faut écrire *piramide* ou *pyramide*. Je
devrais probablement chercher sous dyslexie. Ah, voilà : « du grec *dys* signifiant
difficulté et *lexis* le lexique, les mots. La
dyslexie est un trouble du langage écrit. »
Ça ne m'aide pas beaucoup ! Les diction-
naires donnent parfois des définitions
plus compliquées que le mot inconnu. Je

consulte un autre dictionnaire : « Difficulté d'apprentissage de la lecture. Inversion des données. » Bon, si je comprends bien, lorsque Daniel écrit les mots, il ne peut pas s'empêcher de les écrire à l'envers. Je réclame à maman son dictionnaire encyclopédique qui m'apporte quelques renseignements supplémentaires. Daniel disait vrai, il s'avère que les gens associent à tort dyslexie et manque d'intelligence. En fait, il semblerait que certaines personnes très célèbres et créatrices aient été dyslexiques. La liste est longue, mais je retiens les noms du mathématicien Einstein, de l'écrivain Jules Verne et du compositeur Mozart. Je dois à tout prix trouver un moyen de redonner confiance à Daniel, de lui expliquer qu'il peut lui aussi réussir à l'école ou dans la vie, comme ces personnages célèbres. J'espère avoir bientôt l'occasion de lui donner un coup de main et ainsi faire en sorte que Frédéric le perçoive autrement.

* * *

C'est vendredi après-midi. Notre professeur nous propose de nous mettre en équipe de deux.

— Chaque année, nous explique Frédéric, je demande à mes élèves de parler de leurs peurs. C'est un exercice intéressant qui présente plusieurs avantages : comme apprendre à vous exprimer devant vos camarades et à mieux les connaître et, bien sûr, à vous débarrasser de l'une de vos peurs. Mais pour cela, il faut évidemment reconnaître que nous en avons une, sans craindre d'en faire part aux autres. Souvenez-vous qu'une frayeur n'est jamais ridicule.

— Vous en aviez, vous aussi, à notre âge ? s'informe Élisabeth.

— Oui, figure-toi que j'étais terrorisé par les araignées...

— Moi aussi, moi aussi ! s'écrient Pierre et Geneviève.

— Eh bien, vous pouvez en parler dans votre présentation ! Voilà ce que vous devez faire. À tour de rôle, expliquez votre problème à votre camarade et réclamez-lui un moyen de le régler. Ensuite, présentez-les à la classe, puis concluez en disant ce que vous avez tiré de cette expérience.

C'est la situation idéale tant attendue. Lorsque notre professeur forme les équipes, j'insiste pour travailler avec Daniel. Heureusement, Frédéric n'y voit aucun inconvénient. Pendant la période consacrée à la préparation de notre présentation, je m'efforce de passer aux aveux en premier.

— Bon, je sais que ça peut paraître bébé, mais j'ai encore peur du noir. C'est terrible, j'ai du mal à m'endormir le soir, je pense à des monstres effrayants.

— Ce n'est pas drôle ! réplique Daniel. Tu sais, moi aussi j'avais ce même problème, mais plus maintenant. Après en avoir parlé avec mes parents, ils m'ont installé une veilleuse pour que je m'habitue peu à peu à la noirceur. Ils m'ont aussi conseillé de chasser les pensées désagréables avant de commencer à m'assoupir. Au bout de quelques semaines, la veilleuse était devenue inutile, je leur ai demandé de l'enlever. Je me sentais prêt à affronter...

— Les formes sombres qui dansent dans l'obscurité ?

— Oui, c'est ça ! Tu les vois toi aussi, n'est-ce pas ?

— Oui.

— Ne t'inquiète plus. Tu n'as qu'à faire comme moi.

— Bonne idée. Maintenant, parlons de toi.

— Moi ? Je n'ai pas vraiment de peur.

Ça aurait peut-être marché avec quelqu'un d'autre, mais il ne sait pas que je lis dans ses pensées. J'ai cru un instant que ma franchise encouragerait Daniel à tout avouer, mais il semble absolument paralysé par l'inquiétude.

— Je ne sais pas, moi, il doit bien y avoir quelque chose qui t'angoisse ! Une situation, par exemple, que tu crains tellement d'avouer que tu préfères prétendre que tu es quelqu'un d'autre. Daniel me regarde, sidéré.

— Mais, comment... comment as-tu deviné ?

— Je ne sais pas, je dis juste ça comme ça.

— Tu as raison. J'angoisse. J'ai peur qu'on me prenne pour un idiot si j'avoue que je suis... dyslexique. Je ne suis ni malade ni bête, j'ai juste besoin d'un peu d'aide. Au fait, tu sais ce que c'est la dyslexie ?

— Oui, j'ai lu à propos de cette difficulté quelque part.

Daniel paraît étonné que quelqu'un de mon âge connaisse le sujet. J'espère que ce renseignement l'encouragera à s'ouvrir plus facilement devant la classe.

— Mais les élèves et Frédéric vont croire que je manque d'intelligence.

— Non. Je pense que le mieux serait de leur expliquer la dyslexie et de leur montrer que des gens très intelligents souffraient du même problème. Tiens, par exemple, c'était le cas d'Einstein, de Jules Verne et de Mozart.

— Ah, bon, répond Daniel, soudain fier d'avoir un point commun avec des gens célèbres.

Lorsque c'est à notre tour d'aller en avant, j'explique comme prévu mes peurs nocturnes. Puis, Frédéric me demande :

— Et qu'as-tu tiré de cette expérience ?

— Que c'est toujours bon d'en parler ! Que quelqu'un qui a vécu la même situation peut nous aider en nous proposant une solution.

C'est ensuite au tour de Daniel. Ses explications retiennent l'attention de la classe et plus particulièrement celle de

Frédéric. Celui-ci pose de nouveau la question :

— Et que t'a apporté cet exercice ?

— Qu'il ne faut pas craindre d'être comme on est. Qu'en en parlant, on découvre que d'autres vivent le même problème.

— Je vais même ajouter, affirme Frédéric, que j'ai moi aussi appris beaucoup. Nous t'avons jugé rapidement, et à tort. En discutant, nous avons découvert une partie de toi que nous ne connaissions pas. C'est promis, nous allons tous t'aider.

Je suis ravi. J'ai pu lire dans les pensées de Daniel et l'aider à passer aux aveux. Il n'a plus à craindre de dire qu'il est dyslexique. Désormais, il ne passera ni pour un idiot ni pour un étourdi ! Je sens que mon don a vraiment de bons côtés. Mais il me reste encore un dernier petit détail à régler pour avoir l'impression d'en tirer profit au maximum. Je dois m'occuper de grand-mère.

CHAPITRE QUATORZE

Chez le docteur

Je connais bien monsieur Albert Lajoie, le médecin de famille de grand-mère. C'est aussi un ami de longue date et il vient parfois à la maison. Il s'agit de quelqu'un de très spécial. D'abord, ses connaissances sont impressionnantes. En effet, son instruction est plutôt vaste, vu qu'il a été vétérinaire avant d'être docteur. Puis, ses cheveux blancs inspirent le respect. Même s'il m'est difficile de lui donner un âge exact, son visage ridé laisse supposer qu'il n'est pas tout jeune. Mais ce qui le rend si particulier, c'est son sourire désarmant. Il ponctue toujours ses phrases d'un sourire étrange. Je me suis souvent demandé s'il sourit parce qu'il est gêné de ne pas comprendre les questions qu'on lui pose, ou s'il affiche un sourire pour rassurer ses patients ou parce qu'il a pitié d'eux, ou encore parce que sa bonté se reflète tout simplement sur son visage. Il est donc très difficile de savoir ce à quoi il pense vraiment. Comme grand-mère est inquiète sur son état de santé, je lui ai proposé, à son grand soulagement, de l'accompagner pour déchiffrer les pensées de cet homme mystérieux.

Quand j'entre dans son cabinet, monsieur Lajoie me serre la main.

— Alors, jeune homme, comment vas-tu ? Et l'école ?

— Ça va, ça va, que je réponds, pour ne pas avoir à raconter les événements des derniers jours. Il doit avoir plusieurs autres patients à examiner et mon histoire serait bien trop longue à expliquer et tout aussi incroyable.

— Tu viens tenir compagnie à ta grand-mère ?

— Ah, ah... que je parviens à marmonner.

— Très bien. Tiens, dit-il en me tendant un vieux livre. Assieds-toi là-bas, pendant que ta grand-mère et moi discutons.

— Merci, docteur. Je prends le livre et me dirige vers le coin où se trouve un fauteuil démodé. Monsieur Lajoie l'ignore mais, d'où je suis, je m'apprête à suivre la conversation, tout en faisant semblant de lire.

— Alors, Madeleine, comment vous sentez-vous ?

— Je dois dire que je me sens encore un peu *essoufflée* lorsque je me promène en ville.

— *Époustouflée ?* s'étonne monsieur Lajoie. Vous savez, à mon âge, je ne suis plus *époustouflé* par la ville.

Je me doute aussitôt que monsieur Lajoie n'entend pas toujours très bien et qu'il a confondu *essoufflée* avec *époustouflée !*

— C'est curieux, ajoute-t-il avec un grand sourire.

Bang ! Voilà qu'au lieu de lire les mots sur le livre, je me mets à déchiffrer les pensées du docteur : *Époustouflée ? Époustouflée ? Pourquoi Madeleine est-elle époustouflée lorsqu'elle se promène en ville ? Décidément, les patients répondent parfois bizarrement à mes questions ! Ils viennent pour leur santé et me parlent de sujets qui n'ont aucun rapport.*

— Ah ? Euh... oui, fait grand-mère qui s'explique mal les propos décousus de son docteur.

— Bon, passons, continue monsieur Lajoie. Vous êtes là pour les résultats des examens, n'est-ce pas ?

— Oui. Je suis un peu inquiète, d'ailleurs.

— Ne vous en faites pas, dit-il en souriant.

Mon cerveau semble être capable de traduire les sourires du docteur au fur et à mesure. *Toujours rassurer le patient, se souvient-il.*

— Non, vos résultats sont excellents. Votre cœur, bien qu'un peu vieillissant, se porte plutôt bien.

— Vous êtes sûr, docteur ?

— Oui, oui, dit-il encore en souriant. *Pauvre Madeleine, toujours à douter de la science !* pense monsieur Lajoie. Je vais cependant vous prescrire un médicament que vous aurez à prendre si vous avez de la difficulté à monter une côte.

— Mais alors, je ne vais pas bien si vous me donnez un médicament.

— Soyez sans crainte, ma chère, c'est tout à fait normal à votre âge. Rien d'alarmant, dit-il en souriant une fois de plus. *Les patients, de nos jours ! Lorsque je leur annonce une mauvaise nouvelle, ils refusent de me croire et vont consulter ailleurs, et quand je leur dis la vérité, ils ne me croient pas non plus !* songe le docteur.

Il tend l'ordonnance à grand-mère.

— Bon, puisque vous le dites. Merci, ajoute grand-mère en prenant le bout de papier. Étienne ? Viens, nous allons laisser monsieur Lajoie ; il a encore beaucoup de travail. Ta lecture a été assez longue, j'espère, déclare grand-mère, qui veut s'assurer que j'ai eu suffisamment de temps pour tout comprendre.

— Oui, grand-mère, répliqué-je en lui faisant un petit clin d'œil. J'en ai mal à la tête.

— Alors, à bientôt, Albert.

— À bientôt, et embrassez bien vos enfants de ma part, s'empresse d'ajouter monsieur Lajoie sur le seuil de la porte de son cabinet.

Une fois dans la rue, je rassure grand-mère. Le docteur a dit vrai. Elle n'a rien à craindre ; il ne tente pas d'atténuer ses problèmes de santé parce qu'il est un ami de longue date. Non, la vérité est sortie de sa bouche. Elle peut se promener tranquillement en ville, avec le médicament dans son sac.

* * *

Mon don a encore une fois servi. Il semble avoir un effet bénéfique sur les gens de mon entourage, mais aussi, je dois l'avouer, sur moi. Je me rends compte combien il est agréable de faire du bien aux autres. Désormais, si les gens autour de moi tentent de cacher leurs pensées, je n'hésiterai plus à leur voler ! Tant que c'est pour une bonne cause ! Et puis, qui sait vers quelles autres aventures ce don me conduira ? Qui sait ce que je ferai quand je serai grand ? Une chose est sûre, en attendant, je suis voleur... de pensées.

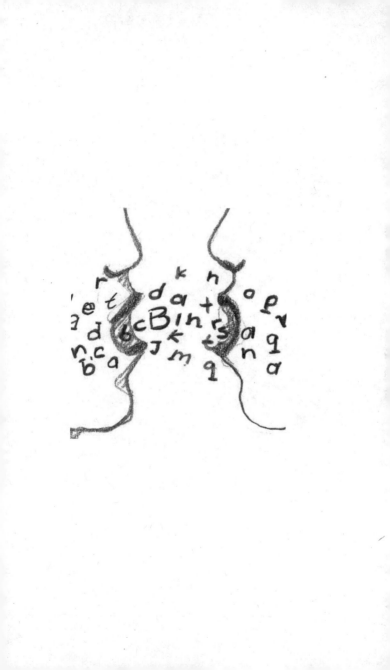

TABLE DES MATIÈRES

Sandrine Julien

Née à Barcelone (Espagne) de parents français, elle a été très tôt aux prises avec une double identité qui lui permettra de voir les choses qui l'entourent sous deux facettes différentes ; cette particularité devient le fondement de son style d'écriture.

Traductrice et grande voyageuse, Sandrine s'amuse maintenant à cheminer dans la tête des personnages qu'elle invente. Elle poursuit sa carrière de traductrice à la pige tout en se consacrant à l'écriture. Son but ? Démontrer dans ses écrits que le rêve n'est jamais trop loin de la réalité !

Guadalupe Trejo

Guadalupe est une artiste multidiscipli-
naire qui a toujours été fascinée par l'imagi-
naire des enfants.

Montréalaise d'origine mexicaine, elle
travaille depuis maintenant huit ans dans le
milieu de la communication graphique à
Montréal et à Mexico. Elle enseigne aussi la
photographie aux adolescents.

Elle se dit fière de faire partie de la tribu
du Phœnix.

Achevé d'imprimer en octobre 2008
sur les presses de l'imprimerie Gauvin,
Gatineau, Québec

 Sources Mixtes
Groupe de produits issu de forêts bien
gérées et de bois ou fibres recyclés.
www.fsc.org Cert no. SGS-COC-2624
© 1996 Forest Stewardship Council

FSC